Elfi Böhm
Der Wunderkristall und andere Geschichten

Elfi Böhm

Der Wunderkristall und andere Geschichten

Rediroma-Verlag

Bibliografische Information der Deutschen Nationalbibliothek:
Die Deutsche Nationalbibliothek verzeichnet diese Publikation in der Deutschen Nationalbibliografie; detaillierte bibliografische Daten sind im Internet über http://dnb.ddb.de abrufbar.

ISBN 978-3-96103-097-2

Illustriert von Elfi Böhm

www.rediroma-verlag.de
13,95 Euro (D)

Inhalt

DER WUNDERKRISTALL

Die kleine Betty lebte mit ihren Eltern in einer baufälligen Hütte, nahe einer Müllhalde. Die Behausung bestand aus Pappkartons und maß durchschnittlich zwei mal zwei Meter. Ihr Vater konnte schon viele Jahre keiner Arbeit nachgehen, da er durch einen schrecklichen Unfall das Augenlicht verloren hatte. So saß er den ganzen Tag auf der Matratze neben seiner kranken Frau und hielt ihre Hand. Das hohe Fieber schwächte sie und der arge Husten war nicht mehr zu stoppen. Einmal war ihr zu heiß, dann deckte er sie mit der Decke ab. Kurze Zeit später war ihr zu kalt, dann zog er sie ihr über. In der Hütte gab es keine Waschgelegenheit oder eine Toilette. Die Regentropfen waren die Dusche, ein Strauch die Außentoilette.

Wenn die Sonne schien, war es in der Hütte sehr warm und der Pappkarton, der als Eingangstür diente, wurde zur Seite gestellt. Blies aber ein kalter Wind oder regnete und schneite es, kauerte sich die kleine Familie ganz eng zusammen.

„Betty, geh in die Stadt und bitte den Tischler, dass er dir Holzlatten gibt; der Winter kommt bald und die Seitenwände der Hütte müssen ausgebessert werden. Aber bevor du heimgehst, schau bei der Müllhalde vorbei und suche nach Obst, Gemüse oder Fischresten, denn wir haben nichts mehr zu essen!“

Betty machte sich auf den Weg. Aber es war hier nicht so ruhig, wie sie es von ihrer Gegend her kannte. Autos hupten wie verrückt und rasten an ihr vorüber. Immer wenn sie einen Schritt über die Straße machen wollte, schaltete die Ampel auf Rot. Da musste sie wieder warten, bis das grüne Licht leuchtete.

Plötzlich griff jemand nach ihrer Hand und begleitete sie über die Straße.

Es war ein kleines Mädchen in einem roten Rock und grünem Pulli.

„Danke, das war sehr freundlich von dir. Wie heißt du?“, fragte Betty.

Doch das Mädchen antwortete nicht und deutete stattdessen mit dem Finger auf ihren Mund. Es war stumm. Dann zeigte sie mit dem Zeigefinger in eine Richtung und Betty verstand, dass sie ihr nachgehen soll.

Die beiden durchquerten einen Park und blieben unter einer Brücke stehen. Das Mädchen hob einige Äste hoch und setzte sich auf die darunter liegende Wolldecke. Sie war stolz, ihre Wohnung herzeigen zu können. Ihre Augen strahlten.

Betty erschrak, denn sie wusste, dass sie es um einiges besser hatte. Sie verabschiedete sich mit einem Küsschen auf die Wange und winkte dem Mädchen noch zum Abschied zu. Dann eilte sie zum Tischler.

„Guten Tag! Mein Vater bittet um etwas Holz, damit wir die Löcher in unserer Hütte ausbessern können. Aber wir haben kein Geld, wir können nichts bezahlen.“

Der Tischler begann zu schreien: „Seid ihr nicht die arme Familie, die nahe der Müllhalde wohnt? Nichts bekommt ihr von mir, nicht das kleinste Stück, ihr Hungerleider!“

Und Betty wurde fortgejagt.

Sie war traurig, denn sie musste an ihre Eltern denken. Und wenn erst die kalte Jahreszeit hereinbricht und der Wind durch die Ritzen bläst? Gar nicht auszudenken, was dann mit Mutter passiert.

Sie trat den Heimweg an und blieb bei der Müllhalde stehen, um nach Lebensmitteln zu suchen. Aber so sehr sie suchte, sie konnte nur defekte Fernsehapparate, Ölbilder ohne Rahmen, in die Brüche gegangene E-Gitarren und nicht funktionierende Blutdruckmessgeräte finden. Keine einzige Kartoffel oder gar ein Stück einer Ölsardine die noch am Rand der Dose klebte, konnte sie finden.

Betty ging weiter, da sah sie am Wegesrand einen Stein liegen. Sie hob ihn hoch und bewunderte ihn von allen Seiten. Der Stein war glasklar und schimmerte im Sonnenlicht. Sie hielt ihn ganz fest in der Hand und lief zur Hütte. Da hörte sie schon von weitem die Mutter husten. Sie eilte ins Zimmer, hob die Mutter ein wenig hoch und klopfte ihr auf den Rücken. Das hatte bisher immer geholfen und der Husten hörte für einige Zeit auf. Aber dieses Mal half nichts. Sie hustete und schnappte nach Luft.

„Vater, es tut mir leid, ich habe auf der Müllhalde nichts Essbares gefunden und Holz habe ich auch keines mitgebracht. Der Tischler hat mich aus seinem Geschäft verjagt."

Der Vater machte ein trauriges Gesicht und legte seine Hand in die seiner kranken Frau.

Betty setzte sich zu den Eltern und erzählte von ihren Erlebnissen; von dem stummen Mädchen, das unter der Brücke wohnen musste, und dem Stein, den sie auf dem Wegesrand gefunden hatte.

„Das Mädchen tut mir schrecklich leid. Vielleicht bringst du sie zu uns? Auch wenn wir wenig oder gar nichts haben, für so ein armes Geschöpf haben wir allemal einen Platz. Und nun zu deinem Stein. Komm, zeig ihn mir," sprach die Mutter mit leiser Stimme.

Kaum war der Satz beendet, begann sie wieder zu husten.

Betty öffnete ihre Hand und der Stein begann zu funkeln. „Ist der schön!", hauchte die Mutter, „so einen schönen Stein findet man bestimmt kein zweites Mal. Ich könnte ihn immer wieder ansehen, aber jetzt bin ich müde. Der Husten setzt mir so zu.“

Der Kristall hörte gar nicht mehr zu leuchten auf. Der Vater hielt sich die Hände vor sein Gesicht, denn das grelle Licht schmerzte ihn in den Augen.

Kurze Zeit später wurde es still. Mutter, Vater und Betty lagen am Boden und schliefen.

Da begann sich der Kristall zu bewegen und flog aus Bettys Hand direkt in das Glas mit Wasser, das neben der kranken Mutter stand. Als Betty aus dem Schlaf erwachte, war der Stein schon wieder zurück in ihrer Hand.

„Einen schönen, guten Mor…!“ Aber bevor sie das Wort fertig aussprechen konnte, kam der nächste Hustenanfall.

„Ach Mutter, wenn doch nur der schreckliche Husten einmal aufhören könnte! Komm, nimm einen Schluck Wasser. Vielleicht geht’s dir dann besser.“

Die Mutter nickte und machte einen ordentlichen Schluck aus dem Wasserglas. Ein paar Minuten später spürte sie schon eine leichte Besserung. Sie stützte sich auf die Hände und stand ganz langsam vom Boden auf. Das hatte sie bisher noch nie gemacht. Sie schaute durch einen Spalt ins Freie.

„Mein Gott, ist es hier schön. Ich sehe seit langem wieder einen Schmetterling fliegen und kann das Gras riechen. Und – halt! – ich habe ja bis jetzt noch gar nicht gehustet! Kann es der Schluck Wasser gewesen sein?“

„Vater, wach auf! Mutter geht es besser. Ihr Husten ist verschwunden!“, rief Betty und zog ihm vor Freude die Decke weg.

Der Vater stand auf und rieb sich den Schlaf aus den Augen. „Was ist denn das? Ich kann zum ersten Mal mein kleines Mädchen sehen.“ Er eilte zu ihr und umarmte sie. „Betty, wie hübsch du doch bist! Kann es sein, dass du mir ähnlich ...?“

„Papperlapapp“, unterbrach ihn seine Frau, „nur nicht so eitel sein. Unsere Tochter ist **mir** wie aus dem Gesicht geschnitten, Gott sei Dank!“, entgegnete sie und lächelte ihn an.

Betty überlegte, warum Mutter nicht mehr husten musste und Vater plötzlich wieder sehen konnte. Es kann nur mit dem Kristall zusammenhängen. Also, wenn er ein Wunderstein ist, dann kann er auch dem armen stummen Mädchen unter der Brücke helfen.

Betty hielt ihren glasklaren Kristall ganz fest in der Hand, lief aus dem Haus und den Wegesrand entlang, bis sie bei der Müllhalde ankam. Dort machte sie nur kurz Halt und ging weiter in die Stadt.

Da war es sehr laut, Autos hupten wie verrückt und rasten an ihr vorüber. Die Ampel stand wieder auf rot und sie musste warten, bis das grüne Licht leuchtete. Plötzlich spürte sie eine Hand. Neben ihr stand das Mädchen mit dem roten Rock und dem grünen Pulli.

Da fing das Mädchen zu sprechen an: „Betty, ich weiß nicht, was letzte Nacht geschehen ist. Ich bin abends unter die Brücke gegangen und wollte mich auf meine Wolldecke zum Schlafen legen. Da sah ich einen Lichtschein, der von der Nähe der Müllhalde bis in mein Gesicht strahlte. Wie ein Regenbogen sah er aus. Aber dann habe ich mir überlegt, dass es keiner sein kann. Denn ein Regenbogen ist bunt und hat sieben Farben."

Die Mädchen nahmen sich an den Händen und tanzten vor Wiedersehensfreude. „Deine Wolldecke kannst du gleich einmal unter der Brücke liegen lassen, denn ab sofort wirst du bei uns wohnen", rief Betty.

Die beiden liefen den Weg zurück, an der Müllhalde vorbei, den Wegesrand entlang, bis sie in der Hütte standen.

„Vater, Mutter, das ist das Mädchen, von dem ich euch erzählt habe. Bis gestern war es stumm, aber seit heute kann es sprechen!“, rief sie ganz aufgeregt. Die Eltern sahen sich an und verstanden kein Wort.

„Ich spüre, dass der Winter naht“, sagte der besorgte Vater. „Jetzt, wo ich wieder sehen kann, werde ich mich um eine Arbeit bemühen und mich beim Amt melden. Denn Arbeit gibt es immer. Ich kann überall anpacken und mithelfen.“

„Und danach werde ich in die Stadt zum Einkaufen gehen. Denn wenn wir wieder Geld haben, muss ich die leeren Regale in der Küche auffüllen. Aber jetzt mache ich einmal einen Schaufensterbummel,“ meinte die Mutter. Sie schlüpfte in ihre Schuhe, hängte sich eine Einkaufstasche um und machte sich auf den Weg.

„Betty, wie kann ich mich bei euch nützlich machen?“, fragte das Mädchen.

„Ich hab da eine Idee! Suchen wir gemeinsam nach einem Behälter, worin der Kristall für immer einen schönen Platz findet. Vielleicht beginnen wir auf der Müllhalde zu stöbern?“; fragte Betty.

Sie gingen los und brauchten gar nicht lange zu wühlen. Denn zwischen Bauschutt und Autoreifen lag ein leeres Gurkenglas. Das Mädchen hob es hoch, da entdeckte Betty einige Holzlatten,

Schrauben und Nägel. Sie nahm die Latten unter die Arme, die Schrauben und die Nägel steckte sie in ihre Schürzentasche. Anschließend gingen sie wieder zurück in die Hütte.

Das Mädchen legte den Wunderkristall in das leere Gurkenglas und verstaute es in eine Ecke. Da sie kein Werkzeug fand, nahm Betty einen Stein und mit diesem schlug sie die Nägel in die Holzlatten. Stück für Stück wurde die Hütte erneuert.

Als die Mutter vom Stadtbummel nach Hause kam und die schöne Hütte sah, klatschte sie in die Hände und schrie vor Freude.

„Hallo!“, rief der Vater und ging um die Ecke. „Ich habe eine Stelle in der Gärtnerei gefunden und kann schon morgen mit den Arbeiten beginnen. Damit verdiene ich Geld und wir können uns einiges gönnen!“

„Jetzt kann der Winter kommen,“ rief die Mutter, „die Hütte ist mit Holz neu verschalt und kein Wind oder Regen kann uns etwas anhaben.“

„Betty?“, fragte der Vater, „wie könnten wir denn das Mädchen nennen? Es ist ja sozusagen deine Schwester.“

Und bevor ihm Betty antworten konnte, rief die Mutter: „Mir gefällt Luzia. Der Name ist sehr schön und passt zu ihr. Es gibt einen Brauch, der wird in Schweden gefeiert. Da tritt meist die älteste Tochter einer Familie in einem weißen Kleid auf, und am Kopf trägt sie einen Kerzenkranz. Dieser Brauch soll das Ende der dunklen Tage symbolisieren. Es heißt, die Luzia kündet das Licht an, das zu Weihnachten in die Welt kommt. Und jetzt überlegt einmal, was ich damit sagen will! Hat uns nicht der Wunderkristall mit seinem Licht so großes Glück gebracht?“

Dem Mädchen gefiel der Name „Luzia“ und sie strahlte. „Ab jetzt habe ich auch einen Vater, eine Mutter und eine ganz liebe Schwester.“

„Heute ist ein großer Freudentag!“ rief der Vater, „aber bevor wir so richtig feiern, möchte ich mich noch bei unserer Tochter bedanken:

Liebste Betty, du warst immer für uns da, auch als es uns gesundheitlich nicht gut ging. Wärst du nicht am Wegesrand entlanggelaufen, hättest du den Kristall nicht gefunden. Mutter würde heute immer noch husten, ich könnte euch alle nicht sehen, Luzia wäre stumm und würde weiter unter der Brücke wohnen."

Da sprang Betty in die Höhe und herzte ihren Vater. „Aber das Wichtigste fehlt uns noch", rief sie.

Sie eilte in die hinterste Ecke des Raumes, holte das Gurkenglas mit dem glasklaren Stein hervor und stellte es in die Mitte.

Die Familie nahm sich an den Händen und machte einen Kreis. Bis in die frühen Morgenstunden wurde getanzt und gesungen.

Der Wunderkristall strahlte und funkelte, so schön wie nie zuvor.

AUGUST VON OHRENSTEIN

Mein Name ist August von Ohrenstein und ich bin der Sohn der Agnes und des Valentin, natürlich auch „von“ Ohrenstein. Und ich bin kein Delfin, oder gar ein Kamel, wäre aber sehr gerne ein wunderschöner Pfau geworden. Ich bin ein aufgeweckter, pfiffiger und neugieriger, winzig kleiner Ohrenschliefer, der vor nichts und niemandem Angst hat.

Doch einmal zitterte ich am ganzen Leib. Wollt ihr die Geschichte hören? „Sehr gerne“, werdet ihr sagen und darum hört mir gut zu:

Es war an einem warmen Sommertag und meine Mutter rief: „August, streune nicht in der Gegend herum, bleib in unserer Nähe!“

Doch ich hatte etwas Besseres zu tun, als brav dazusitzen und auf bessere Zeiten zu warten. Und so machte ich mich auf die Socken. Ich lief einen Weg entlang, bis ich vor einem Garagentor Halt machte. Ein Türspalt kam mir sehr gelegen. Ich machte mich dünn und zwängte mich in den Raum. Mit letzter Kraft krabbelte ich in eine Kiste, die ganz rückwärts in der Ecke stand. Bunte Gemälde in goldene Rahmen und vergilbte Fotografien waren darin verstaut. Genau in dem Moment, als ich meine müden Beinchen hochlegen wollte, spürte ich, dass mich jemand in der Dunkelheit beobachtete. „Wenn du etwas genau sehen möchtest, kneife deine Augen zusammen. Deine Sehkraft wird viel besser und klarer." Mamas Ratschlag war mir sehr vertraut. Wie oft passierte es, dass ich dies oder jenes nicht erkennen konnte. Daraufhin spähte ich wie durch zwei Schlitze und versuchte das, was sie sehen, scharf zu stellen.

In diesen Moment konnte ich erkennen, dass mir jemand gegenüber saß. Zwei braune Glasaugen starrten mich an. In weiterer Folge erkannte ich einen Teddybären mit hellbraunem, zerzaustem Fell.

„Lauf nicht weg! Viele Jahre warte ich schon auf den kleinen Buben, der mich eines Tages abholt. Das hat er mir ganz fest versprochen, bevor wir getrennt wurden! Aber wenn du wieder gehen möchtest, dann bitte – tu es. Wenn nicht, kannst du hier bei mir wohnen", sprach der Bär. Und er klang ziemlich verzweifelt.

Aber wo bitte sollte ich wohnen? Hier war alles so eng. Und ein bisschen Platz braucht ein jeder, um sich zum Nachdenken zurückzuziehen.

Ich wollte es mir zwischen den Bildern bequem machen, aber ich schaffte es nicht. Die Farben auf den Gemälden waren derart grell, dass sie mich fürchterlich aufregten. Und neben den vergilbten Fotografien, die einen üblen Geruch ausströmten, war es unmöglich, mich niederzulassen. So blieb nur mehr …

„Hallo Teddy, darf ich vielleicht unter deinen Armen oder in den Kniekehlen wohnen?“

Aber Teddy schüttelte den Kopf. „Das geht gar nicht! Bei der kleinsten Bewegung fange ich zu schwitzen an und das heißt: Mief-Alarm!“

Was jetzt?

Ich krabbelte sein Fell entlang, bis ich bei den Ohren ankam. Der zottelige Bär starrte mich mit seinen braunen Glasaugen an und nickte zustimmend.

Ist das ein Ja? Ja, du bist in meinem Ohr herzlich willkommen? Ein Ja ist ein Ja!

„Das ist es! Das ist mein neues Zuhause!“ rief ich aufgeregt und kuschelte mich in das weiche Ohr.

Ich streckte meine Beinchen in alle Richtungen und schlief ein. Als ich später erwachte, hörte ich Geräusche. Es kam nicht von einem Auto, es war auch kein Baustellenlärm.

Es war mein Magen, der laut knurrte. Ich schaute mich um, konnte nichts Essbares finden. Da entdeckte ich auf der Rückseite eines Gemäldes etwas Köstliches. Es war ein Kaugummi. Ein rosaroter. Ich kratzte ein Stück herunter und kaute und nagte daran. Welche Köstlichkeit!

Da hörte ich Schritte.

„Ratsch", machte es und das Garagentor wurde hochgezogen.

„Diese Kiste verladen. Aber hopp! Das Flugzeug nach Afrika wartet nicht auf euch, es startet in Kürze", rief ein Arbeiter den anderen zu.

Ich war sehr aufgeregt. Ich konnte mich nicht mehr bewegen. Der Schreck fuhr in meine Glieder. Ich dachte, ich werde ohnmächtig. Und in diesem Augenblick hatte ich wieder Sehnsucht nach Mama und Papa. Was, wenn sie sich Sorgen machen? Mich rufen? Nach mir suchen?

Bei diesen düsteren Gedanken kaute ich wie wild an dem Kaugummi. Hätte ich Fingernägel gehabt, spätestens jetzt hätte ich daran genagt.

Afrika? Was mache ich in Afrika? Da kennt mich niemand und die Sprache dort verstehe ich auch nicht.

„Ho-Ruck", hörte ich die Arbeiter sagen und die Kiste wurde auf ein Auto verladen. Plötzlich gab es einen kleinen Ruck und der Wagen fuhr los. Durch einen Spalt konnte ich Bäume, Wälder und Städte sehen, die an mir vorüberzogen. Ich zitterte am ganzen Leib. Warum bin ich meiner Mama nicht gefolgt? Warum bin ich immer so neugierig? Was, wenn ich Mama und Papa nie wiedersehe? Während der gesamten Fahrt hatte ich düstere Gedanken.

Etwas später stoppte das Auto. Die Kiste wurde in den Transportraum verladen und bald darauf stieg das Flugzeug in die Lüfte.

Ich musste an irgendetwas knabbern, aber wo war der Kaugummi? Da fiel mir ein, dass ich ihn noch beim Verladen auf dem Transporter hatte. Er konnte nicht weit sein. Ich krabbelte aus der Kiste und sah den Anfang des süßen Stückes. Ja, aber wo war sein Ende? Da sah ich, dass das lange Kaugummistück bei einer kleinen Öffnung aus dem Flugzeug baumelte. Ich machte mich ganz dünn und hielt mein Gesicht aus dem Spalt. „Huuu“, blies mir der Wind ins Gesicht und meine Haare wurden wild durcheinandergewirbelt.

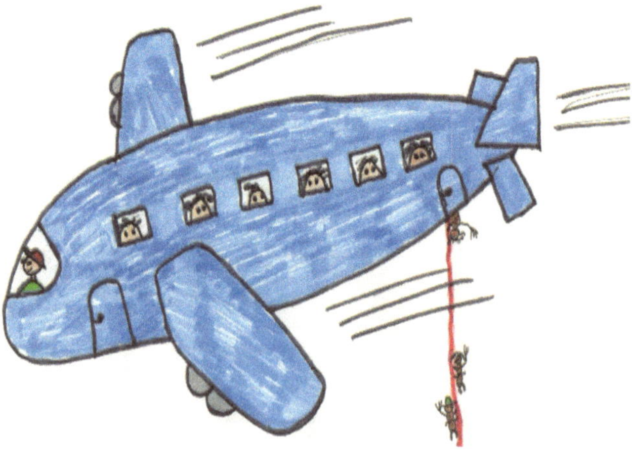

„August! August von Ohrenstein!“
Mir kam vor, diese Stimme zu kennen und ich starrte auf die baumelnde Kaugummischnur. Da machte ich eine Beobachtung.
Und da sah ich ihn. Den grünen Hut. Seinen Hut. Papas Hut!
Aber das war noch nicht alles. Irgendetwas steckte in roten Schühchen. Das kann nur Mama sein!
„M-A-M-A, …P-A-P-A!“
Ich war so aufgeregt, als ich sie baumeln sah. Mit einer Hand hielten sie sich an der Kaugummischnur fest, mit der anderen winkten sie mir zu.
Ich nahm all meine Kraft zusammen und zog die klebrige Schnur hoch.
Wenig später waren wir wieder vereint. Wir küssten und versprachen einander, uns nie wieder aus den Augen zu verlieren. Wir krochen in die Kiste und versteckten uns in Teddys Ohr.
Das Flugzeug machte sich für die Landung bereit und wir kamen in Afrika an.
„Bei dieser Kiste bitte vorsichtig sein, sie ist wie ein rohes Ei zu behandeln! Und um Gottes Willen ja nicht stürzen!“, rief ein Arbeiter einem anderen zu. „Sie gehört dem reichen Mann in der schönen Villa.“
Wir waren mucksmäuschenstill und vergaßen fast auf das Atmen. Nur nicht negativ auffallen. Das war unsere Devise.
Der Arbeiter packte die Kiste auf ein Auto und wir fuhren los.

Plötzlich bremste der Wagen. Ich hörte verschiedene Stimmen. Laute und leise, hohe und tiefe, angenehme und freudige.

„Die Kiste ist eingetroffen! Endlich ist sie da! Ich habe schon gar nicht mehr daran geglaubt. Weißt du noch, Mutter? Damals, ich glaube es war vor zwanzig Jahren, als uns das schreckliche Hochwasser überraschte. Wir wollten noch einige Sachen packen, aber für den Flug in unsere neue Heimat mussten wir sie zurücklassen. Das Flugzeug war schon überladen."

Der junge Mann eilte zur Kiste, öffnete sie und überprüfte den Inhalt.

„Mutter, deine wertvollen Bilder sind noch da. Die hast du doch so vermisst!"

„Und, mein Junge, sieh nur! Auf der Rückseite des Gemäldes klebt ein rosaroter Kaugummi. Weißt du noch, wie oft ich dich ermahnt habe, dass du endlich mit dem Kaugummikauen aufhören sollst? Wahrscheinlich wolltest du ihn in den Mülleimer werfen, hast ihn aber in der Schnelligkeit dorthin geklebt."

„Vater, deine Fotografien sind auch dabei. Jetzt hast du wieder Beschäftigung und kannst sie in ein Album kleben. Und mein allerliebster Teddy, ohne den ich schwer einschlafen konnte, ist auch wieder da. Wie habe ich ihn vermisst."

Der junge Mann drückte ihn ganz fest an sich. „Ach du Lieber, du bist voll Schmutz, du musst erst einmal gereinigt werden. Ab mit dir in die Waschmaschine! Wenn du wieder sauber bist, darfst auf meinem Bett sitzen.“

„Huch, Waschmaschine? Wasser? Nichts wie weg!“, schrie ich aufgeregt und wir verließen fluchtartig Teddys Ohr.

In der Nähe des Hauses war ein wunderschöner Park, in dem viele Tiere grasten. Ein Elefant lag unter einem Baum.

„Hm, der hat die weitaus größeren Ohren als wie die des Teddybären. Vielleicht könnten wir …?“

August stellte sich vor ihn: „ Hallo, Elefant! Mein Name ist August von Ohrenstein und ich bin der Sohn der Agnes und des Valentin, natürlich auch „von“ Ohrenstein. Und ich bin kein Delfin oder gar ein Kamel, wäre aber sehr gerne ein wunderschöner Pfau geworden. Ich bin ein aufgeweckter, pfiffiger und neugieriger, winzig kleiner Ohrenschliefer, der vor nichts und niemandem Angst hat. Dürfen wir in deinem Ohr wohnen?"

Der Elefant blinzelte mit seinen Augen und das hat wohl „Ja, ihr dürft" oder „ja, macht es euch bequem", vielleicht aber auch „du bist ein gut erzogener Ohrenschliefer" geheißen.

Wir kraxelten in sein großes Ohr und ruhten uns aus. Wenn dem Elefanten danach war, spazierte er auf und ab und so konnten wir uns ganz nebenbei die Gegend dort ansehen.

Aber einmal passierte etwas Schreckliches. Es war ein sehr heißer Tag und der Elefant ging zum Fluss. Wahrscheinlich hatte er Durst, oder wollte sich abkühlen. Durch seinen Rüssel nahm er viel Wasser auf. Er bespritzte sich von links nach rechts, von oben nach unten, nach vorne und zurück.

Dabei schüttelte er so heftig mit seinem Kopf, dass wir durcheinander gerüttelt wurden. Ich schrie ganz laut um Hilfe! Meine größte Angst war die, dass wir durch das viele Wasser aus dem Ohr geschwemmt werden. Wie in einem Wasserfall zu Boden stürzen und vielleicht von einem anderen Tier, welches den Weg entlang geht, in den Boden gedrückt werden. Oh Graus! Doch mit unserer letzten Kraft konnten wir uns an einem Härchen festklammern, das beim Ohr des Elefanten ein wenig hervorstand. So kamen wir nur mit dem Schrecken davon.

Könnt ihr jetzt verstehen, warum ich damals so große Angst hatte?

Und jetzt, wo ich euch meine Geschichte erzählt habe, beginne ich wieder am ganzen Leib zu zittern.

Aber je mehr ich nachdenke, umso weniger brauche ich mich zu fürchten. Denn ich habe meine Eltern nach einer langen Reise wiedergefunden und wir leben nun alle glücklich und zufrieden im großen Ohr des Elefanten.

Mama Agnes und Papa Valentin von Ohrenstein und ich, der August, natürlich auch „von" Ohrenstein. Ein aufgeweckter, pfiffiger und neugieriger, winzigkleiner Ohrenschliefer, der vor nichts und niemandem Angst hat.

EIN UNERWARTETES EREIGNIS

„Hören Sie das auch? Was ist das für ein Gurren?“, fragte Herr Wüstenfuchs seine Nachbarin Frau Skorpion, und beide blickten nach oben. Eine Taube kreiste über ihren Köpfen. Sie setzte zur Landung an, öffnete ihren Schnabel und ließ ein Stück Papier fallen. Mit vollem Schwung flog sie davon, bis sie nicht mehr zu sehen war.

„Auf dem Blatt Papier ist etwas niedergeschrieben. Beeilen Sie sich doch, Herr Wüstenfuchs, und lesen Sie mir vor!“

Herr Wüstenfuchs setzte sich neben Frau Skorpion und begann laut zu lesen:

„DAS JAHR IST BALD ZU ENDE – EIN NEUES BEGINNT - ZUVOR IST WEIHNACHTEN UND IHR BRAUCHT GESCHWIND – DEN SCHÖNSTEN CHRISTBAUM AUF ERDEN – WER DIES SCHAFFT ...

„Wer dies schafft …? Was heißt denn das? Ach, herrje, das kleine Stück vom Papier ist abgerissen. Jetzt wissen wir nicht, was uns der Briefeschreiber sagen wollte! Und wer er ist?“, sagte Herr Wüstenfuchs und schaute zu Frau Skorpion, deren Augen nervös hin- und her blickten.

Während die beiden nachdachten, setzte sich die Familie Erdmännchen und das Ehepaar Wüstenmaus dazu und bildeten einen Kreis.

Herr Wüstenfuchs stellte sich in die Mitte und begann abermals den dazugekommenen Zuhörern die Zeilen vorzulesen.

Frau Wüstenmaus piepste mit ihrer hohen Stimme: „Es steht, es ist bald Weihnachten und ein Baum müsste herbeigeschafft und geschmückt werden. Aber woher nehmen und nicht stehlen?“

Die Tiere begannen immer lauter zu diskutieren und durcheinander zu reden, als sich der Sand in Wellen bewegte und Frau Spinne hervorkroch.

Sie stellte sich auf die Hinterbeine, stemmte die Händchen in ihre Hüften und rief in die Menge: „R-U-H-E! Bitte Ruhe! Man kann ja das eigene Wort nicht mehr verstehen! Ich habe alles unter der Erde mit angehört und ich glaube, ich habe eine Idee, euch zu helfen.“

„Was, du? Du winzigkleines Tierchen? Wie willst du uns einen Baum herbeischaffen?“, fragte

Frau Skorpion und hielt sich ihren Bauch vor Lachen.

„Lasst mich nur machen!“, rief Frau Spinne und verschwand im Sand.

Jeden Morgen, ganz zeitig in der Früh, versammelten sich Herr Wüstenfuchs, Frau Skorpion, die Familie Erdmännchen und das Ehepaar Wüstenmaus zur Beratung auf dem Platz. Aber je mehr sie sich anstrengten, wie sie für Weihnachten einen Baum herbeischaffen könnten, umso weniger Ideen hatten sie.

„Wir müssen Weihnachten vergessen“, meinte Herr Wüstenmaus und rieb sich die Augen. Alle Tiere nickten ihm zu, gähnten und verschwanden.

Währenddessen grub Frau Spinne einen langen Gang unter der Erde und rief ihren Brüdern, Schwestern, Cousinen und Cousins, Tanten, Onkeln, Großmutter, Großvater, Stiefschwestern und Stiefbrüdern zu:

„Ich bin in Not, ich brauche euch alle. Bitte helft mir! Schließt euch mir an, schaut nicht nach links oder rechts, lauft, was das Zeug hält!“

Die kleinen Tierchen setzten sich in Bewegung, anfangs war es nur die Verwandtschaft, später krochen tausende Spinnen aus allen Ecken und Enden hervor und schlossen sich ihr an.

Nach einiger Zeit wurde Frau Spinne langsamer und plötzlich rief sie: „H-A-L-T! Und jetzt alles nach oben!“

Die kleinen Tierchen folgten ihr und als sie das Sonnenlicht erblickten, standen sie vor einem riesengroßen, rostigen Eisengebilde.

Frau Spinne stellte sich auf die Hinterbeine, nahm all ihre Kraft zusammen und schrie in die Menge:

„Also, was vor euch steht, ist nicht schön anzusehen. Es ist ein alter und nicht mehr gebrauchter Strommast, auf dem früher dicke Seile hingen.“

„Ja, schön und gut! Und was hat das alles mit uns zu tun und warum sind wir dir jetzt tagelang nachgelaufen?“, fragte eine kleine Spinne.

„Ihr wisst, ihr seid Webspinnen und könnt Netze bauen“, antwortete Frau Spinne.

Sie erzählte von dem Stück Papier, in dem jemand um einen schönen Christbaum bittet.

„Also, meine Lieben, nehmt alle Kraft zusammen, klettert den Strommast hinauf und hinunter und spinnt eure Netze. Sie müssen nicht schön sein, sie können schräg nach oben oder unten gespannt sein, der Mast soll glitzern und glänzen wie ein echter Christbaum."

Die Spinnen liefen und webten Tag und Nacht. Wenn eine müde war oder ihre Beinchen schmerzten, legte sie sich kurz zur Seite. Dafür liefen andere doppelt so schnell, um nur ja keine Zeitlücke entstehen zu lassen.

Frau Spinne lief in der Zwischenzeit wieder den ganzen Weg zurück, bis sie zu dem Platz kam, wo Herr Wüstenfuchs, Frau Skorpion, die Familie Erdmännchen und das Ehepaar Wüstenmaus zur Beratung saßen.

„Na, Frau Gescheit, wo ist denn der Baum für das Weihnachtsfest?", fragte die neugierige Frau Skorpion und meinte damit Frau Spinne. Die deutete mit ihrem Beinchen in eine Richtung, fing zu laufen an und alle gingen ihr hinterher.

„Also, Frau Skorpion, der lange Fußmarsch war völlig umsonst, da hätten wir gleich im Sand sitzen bleiben können. Keiner von uns hatte eine Idee! Nichts ist's mit dem Christbaum", sprach Herr Wüstenfuchs mit weinerlicher Stimme.

„Mir tut jetzt noch der Kopf vom vielen Nachdenken weh", antwortete Frau Skorpion.

„Und unsere Köpfe rauchen auch!“, rief Familie Erdmännchen.

„Schade, schade, schade!“, meinte das Ehepaar Wüstenmaus, „es hätte alles so schön sein können.“

Da blieb Frau Spinne mit ihrem Gefolge stehen.

In diesem Moment stieg die Sonne hinter den Sanddünen empor und die Sonnenstrahlen beleuchteten die Silberfäden der Spinnennetze, die sich ganz leicht im Wind bewegten.

Alle Wüstentiere schlüpften aus ihren Erdhöhlen oder krochen hinter den Kakteen hervor, blieben wie angewurzelt stehen und staunten.

„Booaaah! Das ist ein Christbaum! So einen schönen hat noch niemand gesehen!“, rief Herr Wüstenfuchs und alle Tiere starrten auf die Silberfäden, die sich leicht im Wind bewegten und in der Sonne glänzten.

„Hören Sie das auch? Was ist das für ein Gurren?“, fragte Herr Wüstenfuchs seine Nachbarin Frau Skorpion, und beide blickten nach oben. Die selbe Taube kreiste wieder über ihnen. „Der Vogel hat schon wieder etwas im Schnabel“, rief Frau Skorpion ganz aufgeregt. Die Taube setzte zur Landung an und ließ einen Brief fallen. Mit vollem Schwung flog sie davon, bis sie nicht mehr zu sehen war.

„Beeilen Sie sich doch, Herr Wüstenfuchs! Was steht in diesem Brief, bitte lesen Sie uns vor!" Herr Wüstenfuchs nahm zuerst ein kleines Stückchen Papier heraus, auf dem stand:

...WIRD GLÜCKLICH WERDEN!"

„ … wird glücklich werden? Was soll **das** denn? Ach ja, das ist der Rest der ersten Nachricht!" Er legte schnell beide Papierteile zusammen und begann zu lesen.

„DAS JAHR IST BALD ZU ENDE – EIN NEUES BEGINNT - ZUVOR IST WEIHNACHTEN UND IHR BRAUCHT GESCHWIND – DEN SCHÖNSTEN CHRISTBAUM AUF ERDEN – WER DIES SCHAFFT,... WIRD GLÜCKLICH WERDEN!"

Dann öffnete er den Brief und las weiter:

„WÄRE MEINE ERSTE NACHRICHT VOLLSTÄNDIG GEWESEN, SO HÄTTET IHR SIE GELESEN UND EUCH NICHTS DABEI GEDACHT. SO ABER SEID IHR NEUGIERIG GEWORDEN, HABT EUCH SEHR BEMÜHT UND DURCH EURE GEMEINSAME ARBEIT AUS EINEM ALTEN, ROSTIGEN STROMMAST EINEN SCHÖNEN BAUM GESCHAFFEN.

WENN ICH VOM HIMMEL HINUNTERBLICKE, KANN ICH EUREN GLITZERNDEN, GLÄNZENDEN, WUNDERSCHÖNEN BAUM SEHEN. EUREN CHRISTBAUM!"

DAS CHRISTKIND

Wie die Tiere das hörten, bildeten sie einen Kreis, nahmen sich bei den Händen und tanzten voll Freude um den wunderschönen Christbaum.

OPA,
WO BIST DU?

In einer kleinen Ortschaft in den Bergen Österreichs lebt unser Opa. Er hat ein kleines Bäuchlein und am Kopf wenig Haare. Auf der Nase sitzt eine Brille, damit er gut sehen kann. Da er beim Gehen noch keine Probleme hat, ist ein Gehstock überflüssig.

Opa hat auch noch eine Frau, das ist unsere Oma. Sie ist schon viele Jahre an seiner Seite und kümmert sich ganz liebevoll um ihn. Sie putzt von früh bis spät und räumt hinter Opa her. Einmal findet sie unter dem Bett seine Unterhose oder im Blumenkasten ein gebrauchtes Taschentuch. Worüber sie sich aber besonders ärgern musste war, dass Opa seine Krawatte im Kühlschrank abgelegt hat.

„Verflixt und Halleluja, kannst du nicht ordentlicher sein?“

Doch Opa kann sie nicht hören. Tut er nur so, oder ist er mit seinen Gedanken ganz woanders?

Oma trägt auch eine Brille. Die setzt sie nur beim Stricken auf. „Eine Masche links, eine rechts", plappert sie leise vor sich hin. Ihre Hände bewegen sich ganz flink, die Stricknadeln klappern. „Gleich sind die Socken fertig gestrickt. Die sind aber zum Anziehen und nicht zum Verstecken da!"

Oma kocht auch sehr gut. Besonders die Gemüsevariationen von ihr sind weit und breit bekannt. „Iss, Opa, das hält dich jung und macht dich fit." Dabei zwinkert sie ihm mit einem Auge zu und lächelt verschämt.

Oma kann auch herrliche Pfannkuchen backen. Wenn sie sie aus der Pfanne nimmt, streut sie noch eine dicke Schicht Puderzucker drüber.

Um die Mittagszeit versteckt sich Opa gerne hinter der Küchentür und wartet, bis Oma die Küche verlässt. Dann macht er sich ganz klein, schleicht zum Herd, hebt den Topfdeckel hoch und beginnt mit dem Finger die Reste vom Rand zu kratzen.

Nach der Mahlzeit räumt Oma das schmutzige Geschirr in den Abwasch.

„Oma, wo sind unsere Kinder?"

„Aber das weißt du doch, denke nach! Und noch etwas: Kannst du mir vielleicht das Geschirr abtrocknen?"

Doch Opa hört nichts mehr. Er legt sich in sein Bett, zieht die Bettdecke über die Ohren und schläft ein.

„Es ist immer das gleiche!" ruft Oma.

Viel Schnee lag auf den Straßen, Fußgänger kamen nur langsam vorwärts. Die Autos fuhren vorsichtig, damit sie sich beim Bremsen nicht im Kreis drehten.

Da spazierte ein alter Mann auf dem vereisten Gehsteig, mit einem Gehstock in der Hand, und stützte sich darauf. Seine Haare waren mit einer Strickmütze bedeckt, die Brille saß ganz fest auf der Nase.

„Guten Tag, alter Mann, wohin des Weges?"

„Ich hab es eilig, ich muss in die Werkstätte laufen, denn mir ist während des Mittagessens so eine Idee gekommen." Er riss die Tür zum Arbeitsraum auf, setzte sich zum Tisch, nahm Papier und Bleistift und begann zu zeichnen.

„Ich muss schnellstens etwas erfinden, damit ich meine Kinder besuchen kann. Womöglich halten sie sich in Amerika oder auf Madagaskar, vielleicht in Lettland oder gar in Siebenbürgen auf?"

Da sah er in der Ecke seine alte Arbeitstasche stehen. Mit einem Tuch wischte er über den Staub und im Nu war die Tasche wieder blitzblank sauber.

In der Stellage stand ein Glas mit bunten Knöpfen. Einer war schwarz, einer gelb, viele weiße, ein grüner und drei rote waren darin. „Was wäre, wenn ich den schönen roten Knopf aus dem Glas nehme und auf der Arbeitstasche befestige? Ihn fest drücke und *Tasche, flieg!* rufe, vielleicht bewegt sie sich und ich könnte mit ihr fortreisen?"

Er lehnte seinen Gehstock an die Wand, hängte die Strickmütze an den Haken, schnürte sich die Tasche um und rief „ Flieg!" Aber nichts bewegte sich. „Vielleicht muss ich ganz fest an meine Kinder denken und mir ein Sprüchlein dazu einfallen lassen."

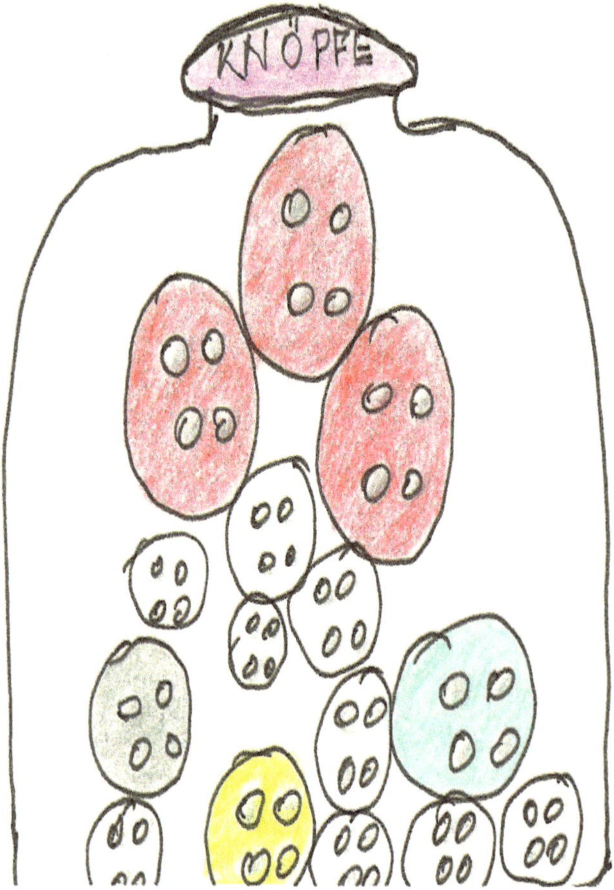

Er schloss die Augen und begann zu sprechen:

„Ich halte den Knopf ganz fest in der Hand,
liebe Tasche, flieg mit mir übers Alpenvorland,
und gaukle bitte nicht hin oder her,
sondern flieg schnurstracks über das Meer.
Ich möchte die Kinder umarmen und küssen,
ob sie überhaupt von mir noch wissen?“

In diesem Augenblick begann die Tasche zu schweben und sie flog mit ihm beim Fenster hinaus. Über Täler und Berge, über das Meer direkt nach Amerika. Zuerst über hohe Häuser, weiter zu einer großen Weide. Inmitten vieler Kühe setzte die Tasche zur Landung an.

Ganz aufgeregt begannen die Kühe zu muhen: „Muh, muh," –und grasten weiter.

Da hörte er plötzlich Stimmen aus der Ferne. Ein Junge und ein Mädchen liefen über die Wiese, bis zu einer Weggabelung. Dort trennten sich die beiden.

„Waren das nicht die Stimmen meiner Kinder?"

Und obwohl er sie nicht mehr sehen konnte, stellte er die Tasche zur Seite, sprang hoch und begann zu tanzen, genauso wie in jungen Jahren.

„O--P--A, wo bist du?"

Das ist doch Omas Stimme.

„Ich bin in A--m--e--r--i--k--a- bei meinen Kindern!"

„Wo? Jetzt sag ich dir einmal etwas: Du hast zehn Minuten geschlafen, nachdem du zuvor reichlich von den Pfannkuchen gegessen hast. Und kannst du dich noch erinnern, wie ich dich gebeten habe, das Geschirr abzutrocknen? Und was hast du getan? Du hast dich wieder einmal taub gestellt und verdrückt. Es ist immer das gleiche!"

Opa murmelt etwas vor sich hin und springt mit einem Satz aus dem Bett.

„Ja, sag, Oma, wo sind eigentlich die Kinder?"

„Da, sieh nur, sie kommen schon um die Ecke. Heute war früher Büroschluss."

Opa läuft in die Küche, nimmt ein Küchentuch und trocknet das Geschirr ab.